KB196267

다 판다 만물 트럭

① 맛나 빵집 사건

서지원 지음 | 이종혁 그림

키다리

작가의 말

내 이름은 다판다. 종종 멍든 곰이라고 오해받지만, 판다가 맞아. 태어날 때부터 한쪽 눈에 검은 점이 없을 뿐이야.

나는 없는 게 없는 만물 트럭을 몰고 다니며 방랑하는 탐정이야. 남의 사건에 참견하는 걸 너무 좋아한다는 게 문제이긴 하지만, 덕분에 범죄 사건을 해결해 주곤 하지.

내가 사건을 잘 해결하는 비결은 바로 '과학'이야. 탐정은 증거를 바탕으로 단서를 찾아내고 추리하거든.

우연히 들른 알파벳 마을에서 예상하지 못한 사건을 만나게 되었어. 이번에 사용한 과학 지식은 '마찰력'이지. 그런데 사람들은 마찰력이 얼마나 중요한지 잘 모르

4

는 것 같아.

만약 갑자기 마찰력이 사라지면, 세상은 어떻게 될까?

몸을 움직여서 걸으려고 하는데, 어엇! 앞으로 나가지 못하고 계속 제자리걸음이야! 손을 뻗어 물건을 잡으려고 하는데, 이런! 물건을 움켜쥘 수가 없어! 스르르륵, 애고머니! 옷이 미끄러지며 저절로 벗겨지네?

으아아악! 쾅쾅쾅! 자전거와 자동차가 멈추지 않아! 움직이는 물체들이 멈추지 못하고 계속 움직이네? 우르릉, 쿵쿵쿵, 언덕과 산이 무너져 내려! 흙과 돌도 마찰력으로 쌓여 있거든.

내가 알파벳 마을에서 마찰력을 이용해 사건을 어떻게 해결했는지 들려줄까? 참, 내 얼굴 보고 놀라지 마. 나는 멍든 곰 아니고, 판다 맞다니까!

작가 서지원

등장인물 및 배경 소개

☀ 다판다

멍든 곰으로 오해받지만, 판다야. 만물 트럭을 타고 세상을 돌아다니며, 놀라운 추리력으로 사건을 밝혀내지.

☀ 레니

맑은 눈을 가진 레서판다로, 다판다의 조수야. 성격이 좀 급하다는 게 단점.

☀ 피그 아저씨

알파벳 마을에서 가장 빵을 잘 만드는 맛나 빵집 주인이야.

몰리 아주머니

친절하고 자상한 동네 염소 아주머니. 어린 딸 베리를 키우며 혼자 살고 있어.

나리

고양이 모델이 되는 게 꿈이지만 너무 뚱뚱해서 돼지로 종종 오해를 받아.

불곰 제빵사

빵을 열심히 만들지만 뭘 만들어도 맛이 없는 똥손이지.

알파벳 마을

레니가 사는 평화로운 마을. 주민들은 맡은 일을 열심히 하고, 별다른 소동 없이 살아가지. 그런데 마을을 발칵 뒤집는 엄청난 사건이 벌어져.

차례

타이어 무늬는 왜 필요할까?
신발 밑창에는 왜 무늬가 있을까?
도마뱀 발바닥에는 왜 털이 있을까?
어때? 읽고 싶어 못 배기겠지?

맛나 빵집의 고민

까맣고 동그란 눈을 가진 레니는 아침부터 우울해.

가장 좋아하는 빵집인 피그 씨의 '맛나 빵집'이 이번 달을 끝으로 문을 닫기 때문이지.

레니가 좋아하는 건 갓 구워진 바게트야. 레니의 가장 큰 행복이 바로 아침 일찍 나온 바게트를 먹는 것이거든. 쫀득쫀득 부드러운 바게트를 수프에 콕 찍어 먹으면 천국이 따로 없다니까.

"그래, 피그 아저씨에게 빵집을 절대 포기하지 말아 달라고 부탁해야겠어!"

사실 레니는 피그 아저씨가 소중하게 운영하던 맛나 빵집을 닫으려는 이유가 무엇인지 잘 알고 있어.

"피그 아저씨!"

레니가 도착했을 때 피그 씨는 누군가와 목소리를 높여 싸우고 있었어.

"여기다 차를 세우면 어떡해요? 당장 차 빼요!"

피그 씨의 성난 목소리가 조용한 아침 거리에 찌렁찌렁 울렸어.

"아니, 여기는 마을 동물 누구나 차를 세울 수 있는 장소라고요."

온갖 물건이 담긴 트럭을 몰고 다니는 다판다가 대꾸하자 피그 씨가 두 눈을 부릅떴어.

"안 돼요. 못 보던 얼굴인데, 당신은 이 마을에 살지도 않잖아요? 게다가 어제도 다른 차로 내 가게 앞을 가로막았죠?"

피그 씨는 가뜩이나 손님도 없는데 커다란 차가 가게 앞을 떡하니 가로막고 있으면 어떡하냐며 볼멘소리를 했어.

"다 알고 있어요. 당신도 내 빵집이 망했으면 좋겠다고 생각하는 거죠?"

급기야 피그 씨는 눈물까지 글썽였어.

"네? 절대 아니에요. 나는 마을을 지나다가 그저 화장실이 급해서 여기에 잠깐 차를 세운 것뿐이라고요."

"흥! 소원대로 내가 빵집을 그만두겠어요! 지금 당장 문을 닫으면 될 거 아니에요!"

화를 내는 피그 씨 때문에 다판다는 결국 트럭을 다른 골목으로 옮겨야만 했어.

그 모습을 지켜보던 레니는 다판다의 만물 트럭 쪽으로 다가갔어.

트럭 옆에는 '뭐든 다 파는 달리는 백화점 다판다 만물'이라는 입간판이 놓여 있었지.

"뭐 필요한 거라도 있니?"

레니가 트럭 앞에서 우물쭈물하자 다판다가 물었어.

"아뇨, 어…… 피그 아저씨를 너무 미워하지 말아 주

세요. 알고 보면 정말 친절한 분이에요. 요즘 안 좋은 일이 생겨서 그런 거예요.”

“흠! 그 이야기를 하려고 날 찾아온 거니?”

“아, 뭔가 필요한 물건이 있을지 모르니까 쇼핑도 하려고요!”

레니가 머리를 긁적이자 다판다가 물었어.

“뭘 사려고?”

“뭐, 뭐가 좋을까요?”

“뭐든 말만 해! 없는 게 없는 ‘다판다 만물’이니까. 안 써지는 연필, 안 접히는 색종이, 작게 보이는 돋보기, 안 보이는 안경에서부터 밥맛이 없어지게 만드는 밥주걱까지 다 있지.”

“저에게는 별로 필요 없는 물건들이네요…….”

레니는 머뭇거리며 머리만 긁적였지.

“그런데 피그 씨에게 무슨 문제가 생긴 거니? 만들어진 빵이 정말 먹음직스러워 보이던데, 빵집은 왜 닫으려는 거지?"

다판다의 물음에 레니가 잽싸게 대꾸했어.

"아, 글쎄! 누군가 밤중에 몰래 맛나 빵집에 개똥을 던지고 가지 뭐예요."

"개똥?"

"네, 개똥! 양도 아주 어마어마한 개똥을 퍽, 퍽, 퍼억 던지고 사라지는 거예요! 그러니까 빵집 주변에 구리구리 꿀꿀한 똥 냄새가 진동하겠죠? 빵을 사 먹으러 왔던

동물들도 우웩, 하고 도망치고 말았고요.”

“흠!”

다판다가 심각한 표정을 지었어. 레니는 신이 나서 더 자세한 이야기를 재잘재잘 떠들었어.

“피그 아저씨는 범인을 금방 잡을 줄 알았대요. 하지만 웬걸요? 피그 아저씨가 범인을 잡으려고 밤에도 가게 불을 환하게 밝히고 두 눈을 부릅뜨고 있었지만 범인의 그림자도 본 적이 없대요. 거북 할아버지가 그러는데, 180년이나 살았지만 자기 평생 이렇게 치밀한 범인은 처음이랬어요.”

“흠!”

만물 트럭의 주인 다판다는 멀리 보이는 피그 씨의 빵 가게를 물끄러미 쳐다보았어.

개똥 때문이었을까? 동물들은 피그 씨의 가게 앞을 지나면서 코를 틀어막고 인상을 찌푸리기 일쑤였어. 누구도 가게로 들어가 빵을 사려고 하지 않았지.

"내 이름이 다판다라고. 그리고 난 백곰이 아니고 판다야."

다판다의 말에 레니가 잠깐 숨을 멈추었어. 레니가 보기에 다판다는 곰 같았어. 특이한 게 있다면 얼굴에 검은 멍이 있는 정도랄까?

"에이, 농담이죠? 무슨 판다가 이렇게 생겼어요?"

"여기 검은 점도 있잖아."

"그건 멍 아니에요? 판다는 원래 양쪽 눈에 검은 점이
있는 거 아닌가요? "

"그렇지 않은 판다도 있는 법이야. 세상 모든 게 다 똑
같을 수는 없잖니."

다판다의 검은 점을 자세히 살펴보던 레니가 까만 눈
동자를 반짝거리며 말을 따따따 내뱉기 시작했어.

"우와, 진짜 판다라니! 맙소사, 책에서만 보던 판다를
정말로 보게 될 줄이야! 어쨌거나 영광이에요. 근데, 정
말 판다들이 점점 사라진다는 게 사실이에요? 그 많던
판다들이 어쩌다가 멸종 위기에 처한 거예요? 판다들
은 대나무만 먹는다면서요? 그런데도 아저씨처럼 뚱뚱
해질 수 있는 거예요? 몸무게는 몇 킬로그램이에요? 백
킬로그램? 이백 킬로그램?"

레니가 수다쟁이처럼 재잘재잘 떠들 때, 다판다가 피
그 씨의 빵집을 바라보다가 툭 물었어.

"레니, 넌 피그 씨가 빵집을 계속하면 좋겠니?"

"그야 당연하죠! 피그 아저씨의 빵이 얼마나 맛있는데요! 갓 나온 빵을 수프에 살짝 찍어 먹으면 그 맛은!"

"그 맛은?"

"음, 구름을 먹는 것 같기도 하고, 무지개를 먹는 것 같기도 하고, 아무튼 말로는 설명할 수 없을 정도로 대

단해요!"

"그래?"

다판다가 군침을 꿀꺽 삼켰어.

"꼴깍, 진짜 먹어보고 싶네! 난 먹는 걸 정말 사랑해. 맛있는 음식은 나에게 큰 영감을 주거든!"

"하지만 이제 불가능해요. 피그 아저씨는 빵집 문을 영영 닫을 거래요. 개똥 때문에 스트레스를 받아서 빵을 구울 수가 없대요."

"저런!"

갑자기 다판다가 주먹을 불끈 움켜쥐었어.

"난 그 빵을 꼭 먹어보고 말 테다. 그러려면 개똥을 던지는 범인이 누군지 밝혀내야겠지?"

"아저씨가 그걸 어떻게 밝혀요?"

"난 뭐든 팔 수 있고, 뭐든 할 수 있어."

그때 마침 피그 씨가 밖으로 나와 주위를 두리번거렸어. 누가 자기 가게 앞을 가로막고 있는지 살피는 것이었지.

"레니, 피그 씨의 가게 앞에 이상한 차가 자주 서 있었니?"

"글쎄요?"

"누군가 피그 씨를 질투하거나 미워하진 않았을까?"

"피그 아저씨는 워낙 친절해서…… 이 마을에서 피그 아저씨를 싫어하는 동물은 딱 한 분밖에 없을걸요?"

"그게 누군데?"

"불곰 제빵사요. 저 건너편 골목 뒤에 불곰 제빵사가 하는 빵집이 있어요. 그런데 그 가게는 늘 파리만 날려요. 맛이 정말 없거든요. 거기서 파는 식빵은 꼭 종잇장 같아요. 가 보실래요? 바로 요 앞이에요!"

"좋아."

다판다는 레니와 함께 불곰 제빵사의 가게를 찾아갔어.

피그 씨의 빵집에 손님이 없으니 불곰 제빵사의 빵집은 미어터질 줄 알았는데, 의외로 손님이 없었어.

레니는 쪼르르 안으로 뛰어 들어가서 여기저기를 두리번거렸지. 하지만 다판다는 가게로 들어서지 않고 주변을 살피기 시작했어.

"아저씨, 뭐해요? 어서 들어와요!"

밖으로 나온 레니가 다판다를 향해 들어오라며 까딱까딱 손짓했어. 하지만 다판다는 빙그레 미소를 지을 뿐 움직이지 않았지.

"됐어. 굳이 들어가지 않아도 범인을 알 것 같거든."

"무슨 범인요? 혹시 피그 아저씨의 가게 앞에 개똥을 던진 범인요? 우와, 누구예요? 누구?"

"아니, 그거 말고 다른 범인 말이야."

"어떤 범인요?"

레니가 방방 뛰며 물었어.

"그동안 피그 씨 가게 앞을 가로막고 있던 차의 주인은 바로 불곰 제빵사였어."

다판다
탐정의
과학 퀴즈

Q 다판다는 불곰 제빵사의 자동차가 피그 씨의 가게 앞을 막고 있었다는 사실을 어떻게 알 수 있었을까?

A 피그 씨의 빵집 앞 도로에 난 타이어 자국 때문이다. 흔히 자동차 타이어의 무늬는 모두 같다고 생각하기 쉽지만 트럭과 다른 자동차의 타이어 무늬는 다르다. 피그 씨는 차의 번호판을 보지는 못했지만, 다판다는 맛나 빵집 앞에 있던 타이어 자국과 똑같은 홈이 파인 타이어가 바로 불곰 제빵사의 트럭이었기 때문에 범인을 알아낼 수 있었다.

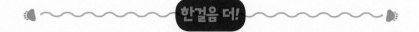

한걸음 더!

타이어의 무늬는 용도에 따라 달라진다. 빗길을 많이 다니는 차인지, 험한 길로 많이 다니는 차인지, 무거운 걸 많이 싣고 다니는 차인지에 따라서 말이다. 자동차 타이어의 무늬는 여러 가지 도로 상황에서 타이어와 도로면 사이의 마찰력을 조절하는 중요한 요소이다.

2
피그 아저씨의 눈물

"우와, 다판다 아저씨, 정체가 뭐예요? 어떻게 그런 걸 알아내는 거죠? 여기저기 쓱 보기만 해도 정답이 보이는 거예요?"

레니가 호들갑스럽게 묻자 다판다는 손가락을 V자로 만든 다음 턱 끝에 갖다 대며 씨익 웃었지.

"알 수 있어. 정식 탐정이 아니라 살짝 탐정이지만."

"타, 탐정? 살짝?"

레니가 짧은 꼬리를 프로펠러처럼 흔들며 눈을 반짝였어. 레니는 탐정을 꼭 한번 만나보고 싶었거든.

"아아, 탐정을 만나게 되어 영광이에요. 판다를 만난 것도 영광이지만 탐정을 만나게 된 건 더, 더, 더 큰 영광이에요! 그런데 아저씨는 아무도 해결 못한 사건도 해결할 수 있어요? 뭐든 알아낼 수 있어요?"

"그, 그럼."

다판다가 고개를 끄덕이자, 레니가 두 손을 가지런히 모으며 다시 물었어.

"탐정님의 실력을 보여 주세요. 피그 아저씨의 가게에 개똥을 던지는 동물이 누군지부터요."

"흠, 사건을 해결하는 데는 몇 가지 법칙이 있지. 그중 하나가 범인은 반드시 가까운 곳에 있다는 거야."

"그래서 누군데요? 범인이 누구예요?"

"워워, 레니. 범인을 밝히려면 몇 가지 필요한 게 있어. 우선 증거 수집을 해야 하고 용의자를 찾아야겠지.

29

그리고 가장 중요한 게 있는데……."

"중요한 게 뭔데요?"

다판다의 말을 듣던 레니의 눈이 호기심으로 별처럼 빛났어. 그런데 다판다가 더 설레는 말을 꺼내지 뭐야.

"탐정이 사건을 해결하려면 조수가 꼭 필요하다는 거야. 레니, 너 잠깐 내 조수가 되겠니?"

"조수? 탐정님의 조수요?"

느닷없이 레니가 두 손을 모으며 예절 바른 아이로 변했어.

"다판다 탐정님, 뭐부터 할까요?"

다판다는 온갖 물건들이 가득 쌓여 있는 다판다 트럭으로 다가갔어. 그리고 그 안에서 가발과 코트, 화장품, 굽이 높은 구두 등을 꺼냈지.

"이걸로 무얼 하려고요?"

"변신, 아니 변장."

잠시 뒤 다판다는 백곰 여자가 되었어. 정말 감쪽같

앉지.

"헉, 뾰족구두는 정말 걷기 힘들군!"

"우와, 순식간에 퉁퉁한 아주머니가 되었군요!"

"이거 아가씨로 변장한 거야."

"으, 이렇게 변장하고 어디로 가는 거예요?"

"사건을 해결하는 법칙 중 하나가 바로 잠복이야. 범인이 나타날 때까지 숨어서 지켜보는 거지. 이때 중요한 건 범인에게 들키지 않도록 해야 한다는 거고."

"와! 그런 말을 하니까 진짜 탐정 같아요! 대단해요!"

"레니! 난 원래부터 탐정이었다고!"

이렇게 해서 레니와 백곰 아주머니 아니, 아가씨로 변장한 다판다는 피그 씨의 빵 가게 옆 가로수 뒤에 서서 범인이 나타나기를 기다렸어.

시간이 얼마나 지났을까?

가게는 늦은 밤까지 불을 밝히고 있었지만, 손님이 단한 명도 찾아오지 않았어. 속상한 피그 씨가 어깨를 축

늘어트린 채 빵집 문을 닫으려 할 때였지.

염소 몰리 아주머니가 유모차를 끌고 나타났어.

"피그 씨, 아직 문을 안 닫았군요. 다행이에요!"

"몰리 아주머니, 오늘도 와 주셨군요. 정말 고마워요. 이제 몰리 아주머니의 얼굴을 볼 날도 얼마 남지 않았다고 생각하니 정말 슬퍼요."

피그 씨는 눈물이 그렁그렁 고인 눈으로 몰리 아주머니를 바라보았어.

"아유, 진짜 빵집 문을 닫으려는 거예요?"

"개똥을 던지는 범인을 잡을 수가 없으니까요."

"속상하겠어요. 아직 누군지 단서를 찾지 못했나요?"

"네. 어떤 녀석인지 유령처럼 순식간에 나타나서 한가득 개똥 봉지를 던지고는 사라지고 말아요. 붙잡기만 하면 과자처럼 바사삭 부셔 줄 거예요!"

피그 씨가 주먹을 꼬옥 움켜쥐는 사이, 몰리 아주머니는 가게 한쪽에 세워 둔 유모차를 밀며 밖으로 나왔어.

"벌써 가시게요?"

"곧 우리 아기 베리가 깨어나서 울 거예요. 얼른 우유를 먹여야 해요."

몰리 아주머니는 부랴부랴 서둘러 가게를 떠났어.

가게 안을 힐끗거리며 감시하던 다판다는 얼른 코트 깃을 세우고 얼굴을 감추었어. 그러고는 체조를 하듯 몸을 이리저리 흔들었지.

몰리 아주머니가 다판다를 힐끔 쳐다보더니 골목을 향해 걸어갔어.

"다판다 탐정님, 뭔가 알아냈어요?"

"아니, 아직."

그때 어디선가 쿰쿰한 냄새가 진동하기 시작했어.

다판다와 레니가 냄새나는 곳을 향해 코를 킁킁거렸지. 갑자기 피그 아저씨의 빵집 창문으로 무언가가 휙 하고 날아왔어.

펵!

그것은 유리창에 부딪히더니 바닥으로 툭 떨어졌어. 맙소사, 바로 냄새가 지독한 개똥 봉지였지!

"오, 이런!"

피그 씨는 가게를 정리하다 말고 밖으로 뛰어나와 소리쳤어. 다판다도 레니도 주위를 두리번거렸지만, 아무도 보이지 않았어.

'대체 어디서 개똥이 날아왔을까?'

유리창에 철퍽 묻어 있는 개똥을 살피던 다판다는 눈을 반짝이며 바로 맞은편 건물 옥상을 바라보았어.

바로 그때, 건물 옥상에서 누군가 움직이는 모습이 보이는 게 아니겠어?

다판다와 레니가 부랴부랴 건물 옥상으로 올라갔지만 수상한 누군가는 이미 사라지고 없었지.

"이 높은 건물 옥상에서 감쪽같이 사라지다니, 땅으로 꺼진 걸까? 하늘로 솟은 걸까?"

레니가 주위를 두리번거리며 중얼거렸어.

그때 다판다가 눈 주변의 얼룩을 문지르며 진지한 표정을 지었어.

"옆 건물 옥상과의 거리가 일 미터 정도밖에 안 돼. 이 정도면 우리가 올라오는 소리를 듣고 옆 건물로 도망쳤을 거야."

"그럼, 당장 잡으러 가야죠!"

"아니, 소용없어. 이미 사라지고 없을걸?"

레니가 옆 건물의 옥상으로 가 봤지만, 다판다의 예상대로 아무도 없었어.

레니와 다판다는 자기 꼬리보다 더 큰 빗자루를 들고 골목을 청소 중인 다람쥐 빕 아저씨에게 다가갔어.

"빕 아저씨, 혹시 여기로 어떤 동물이 지나갔는지 기억하시나요?"

"최소한 셋이 지나간 게 틀림없어. 이구아나, 타조 그리고 염소. 염소는 유모차나 수레를 끌고 갔군."

다판다가 불쑥 끼어들며 대답했어.

"오호, 정말 신통한 분이로군! 정확히 셋이 지나갔다오. 이구아나 찰스랑 타조 톰, 그리고 유모차를 끄는 몰리 아주머니도 있었지. 그리고 방금 피그 씨가 범인을 잡겠다며 왔다갔다 하기도 했어."

빕 아저씨가 자세하게 설명했어.

"헉, 용의자가 너무 많은데요?"

레니가 털을 쥐어뜯으며 중얼거렸어,

"흠!"

다판다는 두 눈을 날카롭게 반짝이며 주위를 살폈어.
도로에는 여기저기 바퀴 자국들이 나 있었어. 아까 낮에
내린 소나기 때문에 물웅덩이가 생긴 탓이었어.

다판다는 도로에 난 바퀴 자국을 향해 천천히 다가갔
어. 그러고는 무언가를 아주 유심히 들여다보았지.

바로 그때 피그 씨가 다시 나타났어.

"당신이지? 당신이 우리 가게에 개똥을 던진 거지?"

피그 씨는 다짜고짜 다판다를 의심했어.

"왜 그런 생각을 하는 거죠?"

"이 동네에서 가장 이상한 차림에 이상한 생김새를 한 백곰은 당신밖에 없으니까!"

"그럴듯한 추리지만 틀렸어요. 피그 씨, 근거 없는 추리를 해서는 안 돼요. 잘못 추리하면 억울하게 누명을 쓰는 피해자가 생길 수 있으니까요. 사건을 해결하는 법칙 중 꼭 지켜야 하는 것이 바로 증거 없이는 아무것도 결론을 내리지 않는다는 거예요."

"맞아요! 피그 아저씨, 다판다 탐정님은 아까부터 저랑 있었다고요!"

레니가 발끈했어.

"뭐? 타, 탐정?"

피그 씨의 눈이 휘둥그레졌어. 하긴, 다판다는 백곰 아주머니, 아니, 아가씨로 변장 중이었으니 피그 씨가 눈치채지 못했을 수도 있지.

"나는 아까 당신이 쫓아낸 트럭 주인인 판다예요. 당

신의 가게에 누가 개똥을 던졌는지 알아내려고 쭉 지켜
보고 있었어요."

그 말을 들은 피그 씨가 한숨을 내쉬며 물었어.

"대체 누가 이런 몹쓸 짓을 하는 건지 알아냈나요?"

"아직요."

"휴, 그렇군요. 난 이제 빵집 문을 닫지 않으면 평생
끔찍한 개똥 테러에 시달려야겠군요."

그 모습을 본 다판다가 싱긋 웃었어.

"범인이 궁금하다면 나에게 사건을 의뢰해 주세요. 나
는 정식 탐정은 아니지만, 살짝 탐정이거든요."

"사건 의뢰? 그리고 살짝?"

다판다의 말을 들은 피그
씨의 눈이 다시 한번
휘둥그레졌어.

Q 다판다는 골목을 지나간 동물이 셋이라는 것을 어떻게 알 아냈을까?

A 남아 있는 동물의 발자국을 관찰했기 때문이다. 동물들의 발 모양과 발가락 개수는 모두 다르다. 남겨진 발 모양이 3 개이므로, 최소한 동물 셋이 지나갔다는 것을 알 수 있다. 왼쪽의 가늘고 긴 다섯 개의 발가락은 이구아나이고, 가운데 두 개의 발 가락은 타조, 유모차 바퀴와 함께 남겨진 발자국은 염소의 것이다.

마찰력은 동물들이 살아가는 데 매우 중요하다. 동물들은 마찰력을 이용해 자연환경에 적응하며 살아가고 있다.

도마뱀붙이 : 발바닥에 수백만 개의 미세한 털이 있어서 벽이나 천장에 쉽게 붙을 수 있다.

북극곰 : 북극은 눈과 얼음으로 뒤덮여서 미끄러지기 쉬운 곳이다. 북극곰의 발바닥에는 미세한 돌기가 강한 털로 둘러싸여 있어서 등산용 신발을 신은 것 같은 효과가 있다. 그래서 빙판에서 잘 미끄러지지 않는다.

뱀 : 뱀은 다리가 없다. 그래서 몸통으로 기어서 이동해야 한다. 뱀의 비늘은 마름모 모양이라서 땅과 몸통의 마찰력을 이용해 앞으로 잘 움직이게 해 준다.

거미 : 발바닥에 털이 많아서 잘 달라붙을 수 있다. 거미같이 작고 가벼운 곤충은 중력보다 마찰력이 더 크게 작용한다.

3
첫 번째 사건 의뢰

"어때요, 사건을 맡기시겠습니까?"

"흠!"

피그 씨가 망설이자, 레니가 끼어들었지.

"피그 아저씨, 다판다 탐정님은 믿을 만할 거예요. 실력이 어마어마하거든요!"

"조수, 내가 몇 번이고 말했지. 증거 없는 말을 함부로 해서는 안 된다고. 넌 내가 믿음직한지 아닌지 증거를 갖고 있지 않잖아."

"하지만 느낌으로 알 수 있어요. 다판다 살짝 탐정님의 실력이 훌륭하다는걸."

"안 돼, 탐정은 오로지 증거로 말해야 한다니까!"

다판다가 백곰 아가씨로 분장했던 것을 지우며 피그 씨를 바라보았지. 피그 씨는 무언가 결심한 듯 주먹을 꽉 움켜쥐었어.

"좋아, 의뢰하도록 하죠. 범인만 잡을 수 있다면 돈은 얼마든지 줄 수 있어요."

"아뇨, 돈은 필요 없어요. 대신 사건을 해결하고 나면 부탁을 하나만 들어주세요."

피그 씨는 고개를 갸웃했어.

"어떤 부탁인지는 사건을 해결하고 말씀드리겠습니다. 피그 씨, 혹시 범인을 찾아내기 위해 증거를 모아 둔 게 있나요?"

"네, 있어요!"

피그 씨는 범인을 잡으려고 현장 사진을 부지런히 찍
어 두었다며 다판다에게 그간 찍은 사진을 내밀었어. 그
사진들은 범인이 개똥을 투척하고 난 뒤의 모습을 날마
다 찍어 둔 것이었지.

사진을 이리저리 돌려 가면서 보고 또 보던 다판다는
멍든 것처럼 까만 한쪽 눈을 손으로 가렸다가 떼더니 중

얼거렸어.

"범인이 누구인지 알겠군."

모두의 눈이 휘둥그레졌어.

"에? 범인을 찾았다고요?"

"네. 범인이 꼼짝 못할 결정적인 단서를 두 가지나 남겨 두었네요."

레니도 얼른 사진을 낚아채 살펴보았어.

그러나 레니는 아무리 봐도 사진 속에서 특별한 단서나 흔적을 찾을 수가 없었지.

"탐정님, 단서가 어디 있다는 건가요?"

"섣불리 말할 수 없지. 탐정이라면 모름지기 발견한 증거를 철저히 검증해야 하거든."

"검증? 아, 그런데 검증이 뭐예요?"

"검증이 뭐냐면, 추리했던 사건을 실제로 조사해 본다는 뜻이지."

"3월 7일, 오후 5시 32분, 다판다 탐정 어록, 탐정은 발견한 증거를 철저히 검증해야 한다."

레니가 수첩을 꺼내 깨알 같은 글씨를 적기 시작했어. 피그 씨가 궁금해 못 참겠다는 표정으로 끼어들었지.

"대체 범인이 누군데요? 누구냐고요!"

그러나 다판다는 냉정하게 고개를 가로저었어.

"조금만 더 조사해 보고 범인을 밝히겠습니다."

다판다는 알아볼 게 있다며 알파벳 마을을 향해 저벅저벅 걸어갔어. 레니도 그 뒤를 부랴부랴 쫓아갔지.

"조수, 지금부터 알파벳 마을에서 맛나 빵집의 빵을 가장 싫어하는 동물이 누구인지 알아봐. 싫어하는 이유가 뭔지도 자세하게 알아보고."

"왜요?"

"이유는 나중에 말해 줄 테니 빨리 움직여!"

레니는 알파벳 마을 사람들을 만나러 다니기 시작했어. 지나가는 동물에게 모두 맛나 빵집에 대해 어떻게 생각하는지 물어보았지.

레니는 재빨리 수첩을 꺼내 용의자들의 이름을 적었어. 그리고 고양이 나리 씨가 왜 의심스러운지 물었지.

"나리 씨는 체중을 잴 때마다 이게 다 피그 씨 때문이라며 소리를 질렀어. 얼마나 고래고래 소리를 지르는지 지나가던 동물들이 모두 들을 수 있을 정도였지."

"엥? 소리를 질렀다고요? 왜요?"

그때 뒤에서 나리 씨가 불쑥 나타나더니 짜증 섞인 목소리로 말했어.

"흥, 내가 다이어트를 해야 하니까 너무 달달한 빵을 팔지 말아 달라고 그렇게 사정했는데, 내 말은 들은 척도 하지 않았으니까 그렇지. 피그 씨가 빵을 너무 맛있게 만드는 바람에 난 다이어트 중인데도 불구하고 매일같이 빵을 사 먹을 수밖에 없었다고!"

"그래서요?"

"봐, 난 다이어트에 실패하고 돼지 같은 고양이가 되고 말았어. 이게 다 맛나 빵집의 피그 씨 때문이야!"

나리 씨는 부르르 떨면서 화를 냈어.

레니는 속으로 저 정도로 화가 났다면 피그 씨의 빵집을 망하게 할 수도 있겠다고 생각했어.

"참, 할아버지. 그런데 몰리 아주머니는 왜 피그 아저씨의 빵집을 싫어한다고 한 거예요?"

"아! 기억할지 모르겠는데 예전에 몰리 아주머니의 아기 베리가 장염에 걸려서 크게 앓은 적이 있어."

"맞아요, 그때 몰리 아주머니가 한잠도 못 자고 베리를 간호했죠. 우리 모두 베리를 위해 기도까지 했다고요."

"맞아, 모두들 많이 걱정했지."

그 말에 레니가 고개를 갸웃했어.

"베리가 아팠던 게 피그 아저씨의 빵이랑 무슨 상관인 데요?"

"글쎄, 몰리 아주머니 말로는 그게 다 피그 씨의 빵집 에서 사 먹은 빵 때문이라고 하더군. 피그 씨가 상한 빵 을 판 거라고!"

"에이, 설마요. 그리고 그런 일이 있었다면 몰리 아주 머니는 다시는 피그 아저씨의 빵을 사지 않았겠죠. 하지 만 지금도 매일 피그 아저씨의 빵집에서 빵을 사 드시는 걸요?"

레니의 말에 너구리 할아버지가 고개를 갸웃했어.

"그래? 거참 이상한 일이구나. 그날 이후로 피그 씨가 만든 빵이라면 쳐다보기도 싫다고 말했는데."

그 말에 레니가 손을 저으며 말했어.

"아니에요. 이 세상 동물들이 다 피그 아저씨의 빵집

을 싫어할 때도 몰리 아주머니만은 변함없이 빵을 사러 왔어요. 그러니까 절대 용의자가 될 수 없어요."

그때 다판다가 나타났어.

"탐정님, 지금까지 용의자에 대한 정보를 조사하고 있었어요!"

"그래, 나도 저쪽에서 들었어. 덕분에 모든 걸 알아냈지. 이게 다 똑똑한 조수 덕분이야."

"우와! 그럼, 검증이 끝난 건가요?"

"그래."

레니는 신난다며 꼬리를 흔들었어. 그 모습을 본 다른 동물들의 눈이 커졌지.

"저 백곰은 누구야?"

"백곰이 아니라 판다예요. 판다가 우리 마을에 나타났다고요!"

레니가 방방 뛰며 소리쳤어.

"판다? 이 세상에서 거의 사라졌다는 그 판다?"

동물들이 입을 쩍 벌렸어.

"나는 사랑하는 아이아이를 찾아 세상을 여기저기 돌아다니는 중입니다."

잠깐이기는 했지만, 다판다 탐정의 얼굴은 매우 슬퍼 보였어. 레니가 물었다.

"아이아이는 어디로 갔는데요?"

"갑자기 사라져 버렸어."

"혹시 탐정님이 싫어서 떠나 버린 게 아닐까요?"

"그럴 리가. 아이아이는 말없이 가 버릴 정도로 예의 없는 판다가 아니야. 휴!"

다판다의 슬픈 눈망울을 보며 레니도 눈물을 글썽였어.

"우리 엄마, 아빠랑 똑같네요. 우리 엄마, 아빠는 나를 할머니 댁에 맡겨 놓곤 사라져 버렸거든요. 친구들은 엄마, 아빠가 날 버린 거라고 놀리지만, 절대 아니에요. 엄마, 아빠는 나를 정말 사랑하거든요. 우리 엄마는 내가 잠들기 전에 날마다 사랑한다고 말해 주었어요. 나를 버리고 갔을 리 없어요. 난 어떻게든 엄마, 아빠를 찾을 거예요!"

레니의 말에 다판다는 눈을 반짝이더니 무언가 골똘히 생각하기 시작했지.

4
진실 고백 약물

다판다의 말이 끝나기가 무섭게 레니는 쏜살같이 달려가서 불곰 제빵사와 고양이 나리 씨 그리고 몰리 아주머니를 데려왔어.

그 사이, 다판다는 트럭의 짐칸으로 들어가더니 무언가를 부스럭부스럭 찾기 시작했어. 트럭에서 뭔가 튀어나오기 시작했지. 돌돌 말린 양털 뭉치도 나오고, 낡은 빗도 나오고, 이가 빠진 컵도 나오고. 골동품보다 더 오래된 깡통도 나오고……

한참 만에 다판다의 목소리가 들렸어.

"여기 있다! 바로 이거야!"

다판다가 버둥거리며 트럭에서 내렸어. 다판다의 통통한 다리는 너무 짧았거든.

"자, 우리를 여기로 부른 이유를 말해 봐요!"

"맛나 빵집에 개똥을 던진 범인을 밝히려고요."

"뭐라고요? 설마 우리를 의심하는 건가요?"

모두 하나같이 불쾌한 표정을 지었어. 그러자 다판다가 트럭에서 가져온 이상한 빛깔의 음료수 병을 앞에 내놓았어.

"이게 뭔가요?"

나리 씨가 짜증스러운 표정으로 물었지.

"이건 진실만을 말하게 하는 약물입니다."

"세상에 그런 약물도 있어?"

"다판다 트럭에는 있어요. 색깔이 좀 맛없어 보이기는

하지만 정말 기가 막히게 맛있을 거예요. 냄새도 살짝
고약하긴 하지만 맛은 달라요. 엄청나게 맛있다니까요!"

동물들이 모두 눈을 휘둥그렇게 뜨자 다판다가 어깨를 으쓱하며 씨익 웃었어.

"이 트럭에 없는 건 없어요. 무엇이든 원하는 걸 찾아 드릴 수 있죠. 세상 모든 물건이 다 있거든요."

다판다의 말에 불곰 제빵사와 고양이 나리 씨 그리고 몰리 아주머니가 짜증 섞인 목소리로 대꾸했어.

"이봐요, 용건을 말해요. 난 다이어트 때문에 운동을 가야 한다고요!"

"난 내일 장사할 준비를 해야 해서 바빠요."

"나도 베리를 재울 시간이라니까!"

그러자 다판다는 먼저 불곰 제빵사를 지긋이 바라보았어. 다판다의 느긋한 행동에 레니는 숨이 넘어갈 지경이었지.

"탐정님, 빨리 범인이 누군지 좀 밝혀 주세요!"

"지금 하고 있잖아."

"뭐야, 왜 그런 이야기를 날 보면서 하는 거죠? 내가 범인이라도 된다는 거예요?"

불곰 제빵사가 버럭 화를 냈어.

불곰 제빵사의 말에 다판다는 고개를 끄덕였어.

"알아요."

"정말요? 어떻게 그걸 알죠?"

"불곰 제빵사의 빵집은 항상 이른 새벽에 문을 열고 늦은 밤에 문을 닫으니까요."

"그건 맛나 빵집보다 더 일찍 열고 더 늦게 닫으려고 그런 거예요. 그래야 하나라도 더 팔 수 있으니까."

"그래도 그 가게 빵은 너무 맛이 없어요."

나리 씨가 끼어들었어.

"뭐라고요?"

불곰 제빵사가 나리 씨를 노려보며 눈살을 찌푸릴 때, 다판다가 둘 사이로 끼어들었어.

"고양이 나리 씨, 당신은 입버릇처럼 피그 씨의 빵집이 망해야 한다고 말했죠?"

"그건! 피그 씨 빵 때문에 내가 모델이 될 수 없어서 그런 거예요. 내 꿈은 슈퍼모델인데 살만 뒤룩뒤룩 쪄서 아무것도 못하고 있다고요."

"흥, 그게 피그 씨 탓은 아니죠."

불곰 제빵사가 입술을 삐죽거렸어.

"아뇨, 그건 피그 씨 탓이에요. 백 퍼센트! 피그 씨가 조금만 맛없는 빵을 만들었더라도 나는 이렇게 살찌지 않았을 거라고요!"

"흥, 핑계도 좋군."

"뭐라고요?"

불곰 제빵사와 나리 씨가 아웅다웅 다투었어.

레니는 도대체 이들 중에 누가 범인인지 알 수 없어 고개를 갸웃거렸어.

그때 다판다가 진실을 말하게 하는 약물을 내밀었어.

"일단 이 약물을 드셔 보세요. 그러고도 아니라고 딱 잡아뗀다면 범인이 아닌 거죠."

동물들이 일제히 불곰 제빵사와 나리 씨를 바라보았어.

"내, 내가 이걸 먹어야 할 이유가 없잖아요."

불곰 제빵사는 고개를 휙 저었어. 그러더니 다시 이렇게 말했어.

"아니, 난 결백하니까 못 먹을 이유도 없죠."

그러자 다판다가 약물을 유리컵에 따르며 말했어.

"자신 있다면 모두 비닐장갑을 끼고 이 유리컵에 든 약물을 마셔 보세요. 진실을 알게 될 테니까요."

"저, 정말요?"

"그렇다니까요."

"설마 살찌는 건 아니지요?"

나리 씨가 컵을 받지 않으려고 뒤로 물러났어. 그러자 다판다는 몰리 아주머니에게 유리컵을 내밀었지.

몰리 아주머니는 비닐장갑을 끼고 덤덤히 컵을 받아서 들었어.

"아앗!"

순간, 몰리 아주머니는 유리컵을 놓쳤고, 컵은 바닥에 떨어져 와장창 깨져 버렸어.

"아…… 마시려고 했는데 이런 실수를 하다니……. 죄송해요."

몰리 아주머니가 얼굴을 붉히며 사과했어.

"몰리 아주머니는 진실의 약물 같은 건 안 마셔도 돼요. 범인일 리 없잖아요."

알파벳 마을의 동물들이 말했어.

"맞아요, 몰리 아주머니는 내가 만든 빵을 누구보다 좋아해요. 그런데 일부러 가게 앞에다가 개똥을 던질 리 없잖아요."

피그 씨마저 몰리 아주머니를 변호했어. 알파벳 마을의 동물들도 고개를 끄덕였지.

하지만 다판다는 표정에 변화가 없었어.

'탐정님은 대체 뭘 어쩌려는 거지?'

레니가 다판다의 행동을 심각한 표정으로 바라볼 때, 다판다가 트럭으로 성큼 다가서더니 무언가를 꺼내 질겅질겅 씹기 시작했어.

파란 나무 이파리 같은 것이었지. 나리 씨가 코를 씰룩거렸어.

"그건 뭐예요? 이번에는 진실을 말하게 하는 대나무

이파리예요?"

"아뇨, 이건 그냥 대나무인데 배가 고파서 먹을 걸 꺼낸 거예요. 나는 배가 고프면 아무것도 못하거든요."

다판다가 대나무를 질겅질겅 씹으며 대꾸했어.

"지금 이 중요한 순간에 뭘 먹는 거예요?"

"맞아, 우린 바쁜 몸이라고!"

나리 씨와 불곰 제빵사가 버럭 소리를 질렀어.

그러자 보다 못한 레니가 다판다를 잡아당겼어. 하지만 다판다는 아랑곳하지 않고 대나무를 씹어 먹었어. 마침내 마지막 한 입까지 다 씹어 삼킨 다판다는 끅, 하고 트림을 했지.

"자자, 이제 범인이 누군지 밝힐게요. 사실 진실을 고백하는 약물은 가짜예요. 그런 약물이 있으면 탐정이 필요 없겠죠."

그 말에 불곰 제빵사와 나리 씨 그리고 몰리 아주머니는 잔뜩 찌푸린 얼굴로 다판다를 바라보았어.

Q 몰리 아주머니는 왜 진실을 말하게 하는 약물이 든 유리 컵을 떨어뜨렸을까?

몰리 아주머니의 컵은 왜 깨졌을까?

미끄러운 장갑을 끼면 누구나 실수로 컵을 떨어뜨릴 수 있어.

우리가 컵을 잘 잡을 수 있는 건 지문 때문이거든.

마찰력

마찰력

지문이 손과 컵 사이의 마찰력을 크게 해서 컵을 잡을 수 있는 거야.

아하! 비닐 장갑 때문에 마찰력이 사라져서 그런 거군요?

빙고!

바로 비닐 장갑 때문이다. 우리가 물건을 잡을 수 있는 것은 손바닥의 지문과 물건 사이에 마찰력 때문인데 비닐 장갑을 끼면 마찰력이 줄어들어 미끄러움을 느낀다. 특히 범인으로 의심받고 있어 긴장한 상황이라면 충분히 실수로 컵을 떨어뜨릴 수 있다.

마찰력이 없어지면 우리는 많은 것을 할 수 없다.

미끄럼틀을 탈 때도 미끄럼틀 표면과 우리의 옷 사이에 마찰력이 작용하는데, 마찰력이 너무 작으면 순식간에 미끄러져 내려와서 위험할 수 있다.

축구, 농구, 테니스 같은 운동 경기도 할 수 없다. 마찰력이 없으면 선수들이 달리거나 방향을 바꾸는 것이 어려워지고, 공을 정확하게 패스하기도 어렵다.

문고리를 돌리거나 공책에 글씨를 쓸 수도 없게 된다.

5
범인은 바로 당신!

"그렇다면 왜 비닐장갑을 끼고 진실의 약물을 마시라고 한 거예요?"

나리 씨가 가시 돋친 목소리로 물었어.

"여러분의 표정과 행동을 관찰하기 위해서였지요. 비닐장갑을 끼라고 한 건 컵을 쥔 손이 얼마나 긴장하고 있는지 잘 보기 위해서였어요."

"순 엉터리잖아! 당신, 범인을 알기는 하는 거예요?"

불곰 제빵사가 화를 내며 소리쳤어. 그러자 다판다가 싱긋 웃었어.

"당연히 범인이 누군지 알죠. 이번 실험으로 확실해졌어요. 범인은 바로……!"

순간, 피그 씨의 눈이 휘둥그레졌지.

다판다의 도톰한 손가락이 가리킨 건 몰리 아주머니였기 때문이야.

"훗, 내가 왜 그런 짓을 하겠어요? 증거가 있어요?"

몰리 아주머니가 말도 안 된다는 듯 코웃음을 치자 다른 동물들도 맞장구를 쳤어.

"무턱대고 착한 몰리 아주머니를 의심하면 못써!"

동물들은 다판다에게 어물쩍 넘어갈 생각하지 말고 빨리 증거부터 대라고 말했어.

분위기는 몰리 아주머니가 범인이 아니라는 쪽이었지.

"탐정님, 뭐하고 있는 거예요?"

"아, 그래. 슬슬 추리를 시작해 볼까? 내가 몰리 아주

머니를 의심한 건 피그 씨의 빵집 맞은편 건물 앞에 나

있던 바퀴 자국 때문이었어요."

"바퀴 자국?"

"자, 이건 피그 씨가 개똥이 날아올 때마다 밖으로 나

와서 찍은 사진들이에요. 사진을 자세히 보면 항상 똑같

은 바퀴 자국을 볼 수 있죠."

"뭐야, 날 의심하는 이유가 고작 베리를 태우고 다닐

때 쓰는 유모차 바퀴 때문이었던 거예요?"

몰리 아주머니는 황당하다는 표정이었어.

"이봐요, 다판다. 유모차가 몰리 아주머니한테만 있는 건 아니잖아요. 어째서 몰리 아주머니가 범인이라고 확신할 수 있는 거죠?"

불곰 제빵사도 거들었어.

"맞아요! 당신, 판다면 단 줄 알아요? 죄 없는 동물을 범인으로 몰았다간 큰코다칠 줄 알아요!"

몰리 아주머니가 버럭 소리쳤어.

"물론 아기를 태우고 다니는 유모차는 많지요. 하지만 몰리 아주머니는 아기 대신 개똥을 태우고 다녔어요."

"그, 그게 무슨 말도 안 되는 소리예요?"

몰리 아주머니가 거의 비명에 가까운 목소리로 소리를 질렀어. 다판다는 태연하게 사진 속 바퀴 자국을 자세히 보라고 말했어.

"바퀴 자국이 뭐 어쨌다는 건데요?"

"모든 타이어 바퀴에는 무늬가 있고, 그 무늬는 바닥과 바퀴 사이에 마찰력을 일으켜요."

"마찰력?"

"아, 마찰력은 접촉하고 있는 두 물체 사이에 작용하는 힘이에요. 물체의 운동을 방해하는 힘이죠. 유모차에 든 물건이 무거우면 마찰력도 당연히 커질 거예요. 마찰력이 커지면 유모차를 끌고 가기 힘들겠죠? 바닥에 타이어 자국도 선명하게 남을 테고요. 하지만 유모차가 가벼워지면 어떨까요?"

다판다의 물음에 레니가 눈을 반짝이며 대답했어.

"마찰력이 줄어들고 타이어 자국이 연해지죠."

"조수, 넌 매우 똑똑하구나!"

"그게 나랑 무슨 상관인 거예요?"

몰리 아주머니가 억울하다는 표정으로 발을 굴렀어.

다판다는 몰리 아주머니에게 피그 씨의 빵집 앞을 지나갈 때 생긴 타이어 자국과 골목으로 사라질 무렵의 타이어 자국을 비교해 보라고 했어.

"어때요? 다르죠? 당신이 피그 씨의 빵집으로 들어갈 때만 하더라도 타이어 자국은 매우 선명해요. 하지만 골목으로 사라질 때의 타이어 자국은 훨씬 희미하죠."

"그, 그게 뭐 어쨌다는 거예요?"

"당신은 유모차에 개똥을 잔뜩 싣고 와서 태연히 빵집을 둘러보았어요. 그리고 빵을 사서 나가는 척하면서 맞은편 건물 옥상으로 개똥을 가져갔던 거예요."

"아하, 개똥을 던져 버리고 나면 유모차가 가벼워져서 타이어 자국이 연해진다는 말을 하고 싶은 거죠?"

레니의 말에 다판다가 흐뭇하게 고개를 끄덕였어.

"에이, 아니죠? 몰리 아주머니가 그럴 리가요."

피그 씨는 몰리 아주머니를 향해 물었어. 그러자 몰리 아주머니가 털썩 고개를 숙였지.

이렇게 피그 아저씨의 가게에 개똥을 던지던 범인을
붙잡게 되었지.

다판다는 조용히 만물 트럭에 올라 주섬주섬 떠날 준
비를 했어.

"다판다 탐정님, 정말 대단했어요!"

레니는 엄지를 척 들어 올렸어.

"뭘, 나는 대단한 탐정도 아니고 살짝 탐정일 뿐이야.

아주 살짝 탐정. 그나저나 이번 사건도 흥미롭기는 했지

만 내가 찾고 있는 사건은 아닌 것 같구나."

다판다는 왠지 좀 외롭고 슬퍼 보였어.

"우울할 때는 피그 아저씨가 만든 구름빵을 먹으면 기분이 좋아지는데. 진짜 맛있거든요!"

"그래? 안 그래도 피그 씨에게 사건 의뢰의 대가로 맛있는 빵을 만들어 달라고 부탁하려던 참인데. 구름빵이라니! 벌써 군침이 도는군."

레니는 다판다의 말이 끝나기도 전에 빵집으로 달려갔어. 느릿느릿 움직이는 다판다와는 비교도 되지 않는

속도로 말이야.

"레서판다가 저렇게나 빠른 동물이었나?"

다판다는 머리를 긁적였지.

그렇게 피그 씨의 빵집으로 간 다판다는 레니와 함께 구름빵을 엄청나게 먹어 치웠어.

레니는 입가에 크림을 잔뜩 묻힌 채 배시시 웃었어. 그러자 그 모습을 본 다판다가 한참 뜸을 들이더니 어렵사리 입을 뗐지.

"레니. 엄마, 아빠를 찾는다고? 단서가 있니?"

"엄마가 할머니 댁으로 편지를 보낸 적이 있어요. 그런데 그 편지 내용이 어딘가 이상했어요."

"어떤 점이?"

레니는 편지의 글자는 엄마가 쓴 것 같았지만 말투가 평소 엄마의 말투와 전혀 달랐다며 무언가 수상쩍다고 말했지.

"그 편지를 좀 보여 줄래?"

"여기요!"

레니가 잽싸게 주머니에서 편지를 꺼내 내밀었어.

레니에게

엄마랑 아빠는 잘 지내고 있어. 할머니 말씀 잘 듣고
마당에서 너무 오래 놀지 말아라.
살이 찌지 않도록 군것질도 많이 하지 말고
여동생이랑 다투지 않고 사이좋게 지내도록 해.
조용히 지내고 있으면 엄마, 아빠가 꼭 데리러 갈게.

편지를 본 다판다의 표정이 심각해졌어. 다판다는 레
니의 부모님이 틀림없이 위험에 처했다고 추측했지.

"이걸 언제 받았니?"

"두 달쯤 전에요. 비스킷 마을에서 온 편지였어요."

"흐음, 잘 됐구나. 나도 마침 비스킷 마을로 가려던 참

이었거든. 레니, 나랑 같이 다니지 않을래? 이 마을, 저 마을을 다니면서 사라진 아이아이에 대한 단서도 찾고, 네 부모님에 대한 단서도 찾을 수 있을 거야."

다판다의 말에 레니는 눈을 휘둥그레 떴어. 레니는 기뻐 어쩔 줄 몰랐지. 엄마, 아빠를 찾는 건 레니가 항상 바라고 바라던 일이었으니까.

"정말 그래도 되나요?"

"내가 말했잖아. 탐정한테는 똑똑한 조수가 필요하다고. 게다가 이번 사건에서 용의자를 찾는 걸 보니 넌 정말 일을 똑 부러지게 잘하는 것 같아."

"우아!"

레니는 기뻐서 숨을 제대로 쉬기 힘들 정도였어.

"할머니께 당장 말씀 드릴게요!"

다판다의 말을 들은 레니가 부리나케 집으로 뛰어갔어. 구름빵을 잔뜩 먹은 다판다는 볼록 나온 배를 문지르며 아직 자리에서 몸을 일으키는 중이었는데 말이지.

마찰력의
비밀을
밝혀라!

🐼 얼음판 위에서
미끄러지는 이유는 뭘까?

🦝 마찰력이 뭐예요?

🐼 마찰력이란 물체를 움직일 때, 그 물체의 운동 방향과 반대로 작용하면서 움직이는 걸 방해하는 힘이야. 좀 어렵지?

🦝 네! 더 쉽게 알려 주세요.

우리가 걷는 모습을 생각해 봐. 우리는 걸을 때 발로 땅을 밀잖아. 그런데 우리 몸이 앞으로 나가도록 땅을 미는 힘과 반대로 마찰력이 생겨.

아, 그렇네요!

얼음판 위에서 걸을 때 미끄러운 건, 얼음판이 땅보다 마찰력이 약하기 때문이야. 만약 땅에 마찰력이 없다면 아주 미끄러워서 걸어가지 못하겠지.

마찰력이 없다면 우리는 걸어 다닐 수도 없는 거네요?

그렇지. 우리는 제대로 걷지 못하고 자동차도 도로를 달릴 수 없어.

🐼 신발 밑창에는 왜 무늬가 있을까?

신발 밑창에 홈이 있는 건

마찰력을 생기게 하기 위해서야.

🐱 신발 밑창에는 왜 무늬가 있는 걸까요?

🐼 밑창에 울퉁불퉁 무늬를 파 놓은 것은 마찰력을 생기게 하려고 그런 거야. 마찰력이 있어야 미끄러지지 않거든.

🐱 탐정님이 신고 있는 등산화는 밑창이 더 울퉁불퉁하네요?

🐼 바닥이 울퉁불퉁하고 거칠면 거칠수록 마찰력은 더욱 커지

거든. 축구화, 등산화 같은 신발은 미끄러지지 않아야 하잖아? 그래서 바닥에 날카로운 스파이크를 박아서 마찰력을 강하게 만드는 거야.

그런데 모래 위에서는 왜 걷기 힘들까요?

모래 위에서 걷기 힘든 것도 땅보다 모래가 마찰력이 크기 때문이야. 반대로 바닥이 매끄러우면 매끄러울수록 마찰력은 작아지지.

🐼 마찰력은 왜 생기는 것일까?

🐱 마찰력은 왜 생기는 거예요?

🐼 물체들의 면이 겉으로는 평평해 보이지만, 현미경으로 들여다보면 울퉁불퉁해. 그래서 마찰력이 생기는 거야.

🐱 와! 현미경으로 물체를 자세히 보니까 정말 울퉁불퉁한 면들이 보여요.

그렇지? 이 거친 면들이 서로 맞물리면서 마찰력이 생기는 거야. 마치 톱니바퀴처럼 말이야.

그러면 무거운 물건을 옮기기 힘든 이유도……?

맞아. 그것도 마찰력 때문이지. 마찰력은 무게가 무거우면 무거울수록 커지고, 무게가 가벼우면 가벼울수록 작아져. 그래서 무거운 물건을 옮기기가 더 힘든 거야.

🐼 물건 옮기기와 마찰력은 어떤 관계가 있을까?

🦝 냉장고를 옮기고 싶은데 어떻게 하면 쉽게 옮길 수 있을까요?

🐼 흠, 냉장고를 세워서 미는 것이 더 힘들까, 아니면 눕혀서 미는 것이 더 힘들까?

🦝 세워서 밀면 덜 힘들 것 같아요.

🐼 왜 그렇게 생각하지?

🐱 냉장고를 세워서 밀면 바닥에 닿는 면이 작잖아요. 그래서 마찰력이 줄어들 것 같아요. 제 추리가 어떤가요?

🐼 후후, 정말 그럴까? 세워서 밀면 겉보기에는 마찰력이 줄어들 것 같지만, 위에서 누르는 무게가 크기 때문에 같은 넓이당 마찰력은 더 커지지.

🐱 눕혀서 밀면요?

🐼 냉장고를 눕혀서 밀면 바닥에 닿는 면이 넓어져. 그래서 마찰력이 커질 것 같지만, 위에서 누르는 무게가 넓게 퍼져 있어서 넓이당 마찰력은 더 작아지는 거야.

🐱 아! 결론은 눕혀서 밀거나 세워서 밀거나 힘든 건 똑같다는 뜻이네요? 무게가 같으면 마찰력도 같으니까요.

🐼 그렇지. 마찰력은 접촉면의 거칠기, 물체의 무게에 따라 다르고, 접촉면의 넓이와는 관계가 없다는 사실!

레니의 과학 탐정 일기

월   일

1. 마찰력은 물체와 바닥의 접촉에 의해 생긴다.

2. 마찰력은 접촉하는 두 물체 사이의 접촉면이

   거칠수록 커지고, 매끄러울수록 작아진다.

3. 마찰력은 물체의 무게가 무거울수록

   더 커지고, 무게가 가벼울수록

   작아진다.

글쓴이 서지원

한양대학교 국문학과를 졸업했어요. 지식과 교양을 유쾌한 입담과 기발한 상상력으로 전하는 이야기꾼이에요. 지금은 어린 시절 꿈인 작가가 되어 하루도 빠짐없이 글을 쓰고 있어요. 서울시 올해의 책, 원주시 올해의 책, 문화체육관광부와 한국도서관협회가 뽑은 우수문학도서 등에 선정되었으며, 현재 초등학교 교과서 집필진으로 활동하고 있어요. 작품집으로는 《어느 날 우리 반에 공룡이 전학 왔다》, 《자두의 비밀 일기장》, 《귀신들의 지리 공부》, 《한눈에 쏙 세계사 2》, 《만렙과 슈렉과 스마트폰》, '안녕 자두야' 시리즈, '몹시도 수상쩍다' 시리즈, '빨간 내복의 초능력자' 시리즈, '고구마 탐정' 시리즈 등 300여 종이 있어요.

그린이 이종혁

만화와 애니메이션을 전공하고 어린이 학습 만화의 스토리와 일러스트, 만화 작가로도 열심히 활동하고 있어요. 최근에는 인스타그램에 일상툰도 그리고 있답니다. 대표작으로는 《흔한 남매 이무기》, 《소맥거핀 일상 만화 2》가 있어요.

① 맛나 빵집 사건

초판 1쇄 발행   2025년 1월 25일

글쓴이   서지원
그린이   이종혁
펴낸이   이혜경
펴낸곳   니케북스
출판등록   2014. 4. 7. | 제 300-2014-102호
주소   서울시 종로구 새문안로 92 광화문 오피시아 1717호
전화   (02)735-9515 | 팩스 (02)6499-9518
전자우편   nikebooks@naver.com
블로그   blog.naver.com/nikebooks
페이스북   facebook.com/nikebooks
인스타그램 (니케북스) @nike_books
        (니케주니어) @nikebooks_junior

ISBN   978-89-98062-91-0 74810
       978-89-98062-90-3 74810(세트)

니케주니어는 니케북스의 아동 · 청소년 브랜드입니다.

어린이제품 안전특별법에 의한 표시사항

제조자명 니케북스 **제조국** 대한민국 **사용연령** 8~13세 **제조년월** 판권에 별도 표기
주소 서울시 종로구 새문안로 92 광화문 오피시아 1717호 **연락처** 02-735-9515
주의사항 책 모서리나 종이에 긁히거나 베이지 않게 조심하세요.

*이 도서는 2024년 문화체육관광부의 '중소출판사 성장부문 제작 지원' 사업의 지원을 받아
제작되었습니다.